猫のお化けは怖くない

武田花

平凡社

目次

アートディレクション　有山達也
デザイン　山本祐衣、中本ちはる
（アリヤマデザインストア）

猫のお化けは怖くない

雲

道の両側に広がる畑。その上を吹き渡る強い風の中を、自動車は走る。後部座席の窓を開け、首を突き出し仰ぎ見れば、ぴっかぴかな青空に、さまざまな形の雲がいくつもいくつも、あっちにもこっちにも浮かんでいる。

頭上遥かには、どどんと、ひときわ分厚く大きな雲が。楕円形を崩した形は、まるで猫のお腹だ。もくもくした具合も真っ白な毛だ。巨大猫のお腹の下をくぐっていく心持ち。

「く、く、くもちゃーん」

雲に向かって私は呼ぶ。小さなささやき声で。でも、心の中では思い切り叫んだのだ。旅先で知人の車に同乗させてもらっている身だから遠慮したのだ。

私「くもちゃーん、そこにいたのかーい、元気でいるかーい」

くも「死んでるから、元気でも元気でなくもないぞー。なんだかよくわかんないぞー」

巨大雲になって空に浮かぶくもは、そう答えた。と、同時に、私の両目からピッと飛び散る涙。うちの猫の名前はくも（雲）。去年の三月に死なれて以来、くもを思い出しては泣いている。情けない。

日本海の荒波がざんぶりと押し寄せる砂浜に立った。水平線に向かって、また猫の名を呼んでみる。でも、こんな明るい昼の海を、くもは怖がっていたっけ。波音にもおびえていたっけ。

やがて陽が傾き、空も海も黒々と沈み、境目がわからなくなる。いつか一緒に夜の海岸に立った時のことを思い出す。

若い頃のくもは、私の留守中、家でウンコもオシッコもしないで待っていた。そして、帰宅した私の顔を見るなり猫トイレに飛び込み、砂を撒き散らし、雄叫びをあげながら大量に排泄するのだった。私を出かけさせないための作戦である。しかたなく、旅行にも連れて行くようになったのだ。

夜の海岸で、私の腕や胸に爪を立て、しがみついたまま、轟《とどろ》く波音に耳を立て、白い波頭だけがぼんやり浮かぶ闇の奥をじっと見つめていたくも。頭の毛や首のまわりの長い毛が冷たい海風になびく。時折ブルッと体を震わす猫を抱きながら思った。

お前の目には何が見えているのだ？

闇の奥に何を見て何を考えているのだ？

そんなに大真面目な顔しちゃって。きっと私と同じで、何にも考えちゃいないんだね、ただぼおーっとして見ているんだね。

あの夜の、くい込んだ爪の痛さ、ずっしりした体の重みを忘れない。

「歴史とか体験などは実際にその人の記憶に残っているひとにぎりの印象にすぎないのではないか……鮮烈に残っているものだけが人生の収穫ではないか……女たちは自分のまえを一度とおった男に、ちゃんと何かを捺印しておくべきだし、男も女たちに、何かちょっとしたオモミなり、かき傷をつけておくべきなのである」(小川徹著『父のいる場所』より)。

猫はちゃんと私に捺印を残して去った。

一日一度は、家の中で猫の名を呼び、びえーっと泣く。すると、すっきりする。

私「ただいまー、死んでるかーい」

くも「はーいー、死んでますよー。花ちゃん、いつこっちに来るんですか?」

私「早く会いたいけど……まだ生きる」

くも「じゃあ、寝て待ってる」

気がつくと、くものお化けと自分と、一人二役をやっていることも。独り言婆あだ。

旅先で空や海を眺めれば、くもはだんだん大きくなり、虎よりも雲よりも、更にはゴジラか奈良の大仏、更には大空よりも地球よりも何よりも大きな巨大猫となって、そこにいる。

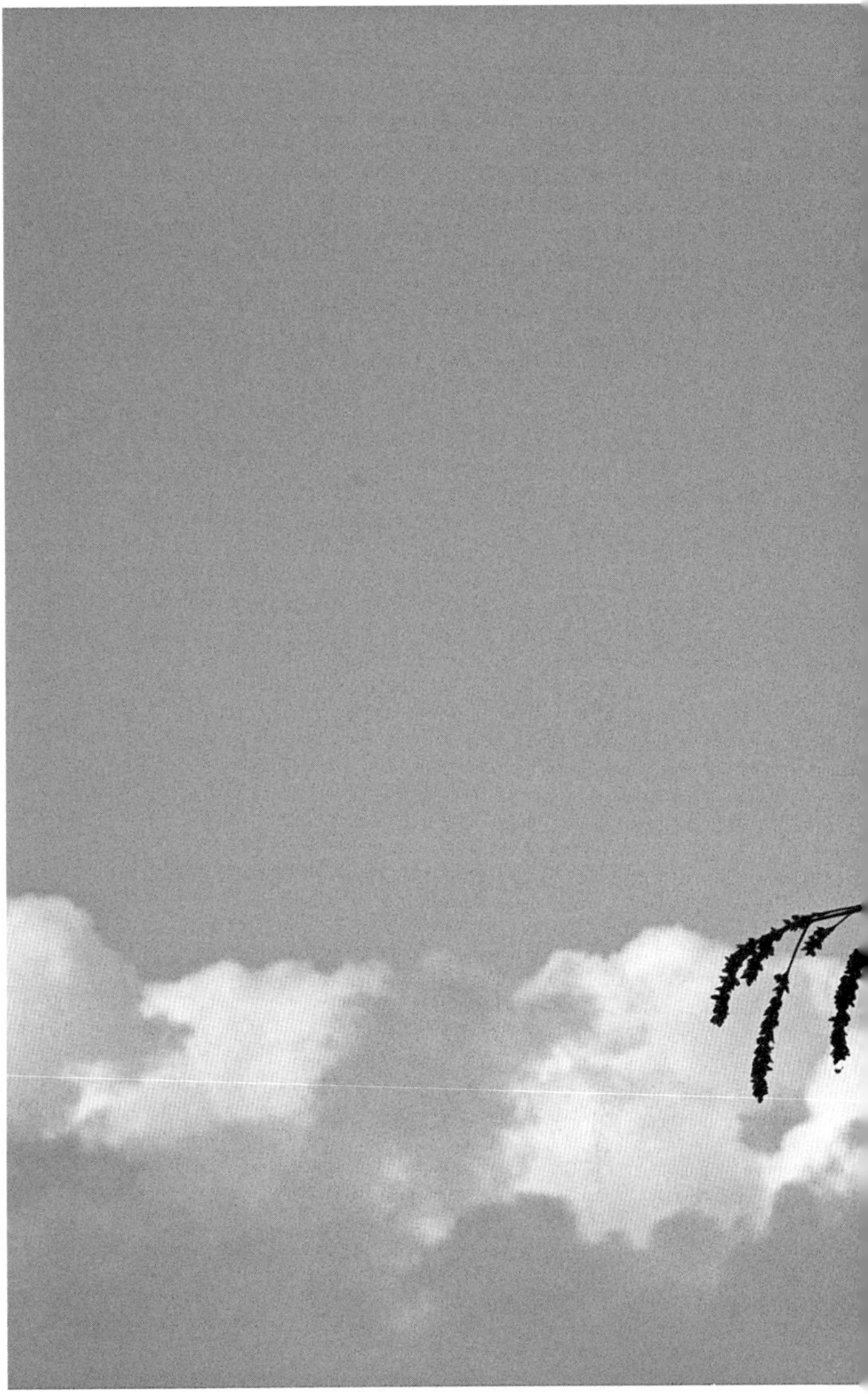

墓地

東京はどんどんつまらない町になってしまうけれど、ここだけはちっとも変わらない。苔や湿った黒土の匂い、線香の香り漂う墓地を歩けば、いい心持ちである。暖かい陽射しを浴びて、眠くなってきた。

と、二十メートルほど先の墓石の背後を小さな白い塊が走った。続いて、それを追う人影が。ペルー人みたいな毛糸の帽子をかぶり、リュックサックを背負った若い女だ。足音をしのばせ、墓石と墓石の狭い隙間を通り抜け、生垣をバサバサとまたぎ、木の幹にペタリと張り付きながら、私は女の跡をつける。

女の動きが止まった。うつむいて何かごそごそやってから、顔の前に黒い大きな物体をあてがった。カメラだ。私はそおっと近づき、背後の墓石の陰から顔半分だけ出して様子をうかがう。頬に冷たい、石の感触。

女のカメラが向いた先に、白猫が見えた。墓石にもたれ、お尻を舐《な》めている。バシャバシャバシャッ、あたりに響くシャッター音。驚いた猫がすっ飛んで逃げて行った。

（あーあ、逃げられちゃった。もっと静かにやらなくちゃ駄目じゃないの）、私は思う。

ふいに女が振り向いた。ぱっと伏せる私。そのままの体勢で、横歩きして、椿の木の陰に隠れ、しばらくじっと動かずにいた。それから椿の葉っぱと葉っぱの間から覗いてみた。女は遠くに立って、きょろきょろしている。

もっと若い頃、この墓地で、やはり猫を撮る女の子に出くわしたことがある。あの時は後ろから駆けていって、飛び膝蹴りを喰らわしてやりたいと思ったものだ。自分の庭の如く墓地を徘徊し、猫と遊んだり写真を撮ったり、近所の店で買った竹輪《ちくわ》やペットフードや煮干しを猫にやったり、空を仰ぎながら煙草をふかしたり、墓石にもたれてうたた寝したりして、一日過ごすのを楽しみとしていた私は、よそ者に邪魔されたようで、むっとなったのだ。でも今は、隠れてじっと見ていたい気持ちだ。

尾行にも飽きてきたので、私も猫を探して歩くことにする。どこかにデブ猫はいないだろうか。

船で

私たちは甲板上に並んだベンチに座った。二列前のベンチには私と同年輩の男ひとり。顔も首もよく陽に焼けて……漁師さんか？

船が埠頭《ふとう》を離れるや、鼻歌を歌いながら、男が酒瓶の口を開けた。両足を投げ出し、酒瓶をくわえたまま、くいっと顔を仰向け、ラッパ飲み。あたりに漂う泡盛のいい香り。

船は思わぬ速さで、滑るように進む。平べったい島の横をスイスイ抜け、青い波をスイスイかき分け。が、沖に出るにつれ、波が高くなってきた。ドドドドドド、波音が響き、船腹にぶち当たった波しぶきが頭から降りかかる。大波を越える度に、ベンチから体が飛んでいきそうだ。キャアーッ、女学生のような声をあげ、私たちはベンチにしがみつく。

「花さん、船酔いは大丈夫ですかあ」、連れが訊く。

若い頃、遊園地で「なんとか海賊船」という遊具に乗った。船と同じ揺れを体験できるという簡素な板張りの箱。箱が揺れ始め、次第に激しくなり、立っていた私は、しまいに床に倒れ、壁にへばりついたままゲロを吐いたっけ。それを思い出しただけで吐きそうになるので、頭から払いのけた。

どんなに船が傾こうと、波しぶきを浴びようと、平然と酒を飲み続ける男。口元から吹きこぼれた泡盛のしずくが、風下の私の顔に飛んできた。思わず舐めた。あんな豪快な飲みっぷり、映画の中でしか見たことが無い（東映時代劇に出てきた山賊）。

空の酒瓶が、甲板上をゴロゴロと転がっている。今、男が飲んでいるのは二本目か、三本目か。

男がふいに立ち上がった。泳ぐような格好でよろよろと甲板の端まで行き、手すりから体を乗り出す。吐くのか？　両足を踏ん張り、口を大きく開け、空に向かって何か言い始めたが波音にかき消され聞き取れない。そして酒瓶を大きく振り、荒れた海原へ酒を注ぐ。続いて、高々と瓶を持ち上げ乾杯のポーズ。またラッパ飲み。海の神様か、あの世の誰かと酒を酌み交わしているに違いない。乾杯を繰り返してはニンマリ笑う横顔が実に愉快そうだ。うらやましい。

離島の小さな桟橋に船が着いた。下船中、振り返ると、男はベンチに座ったまま、うなだれて動かなくなっていた。

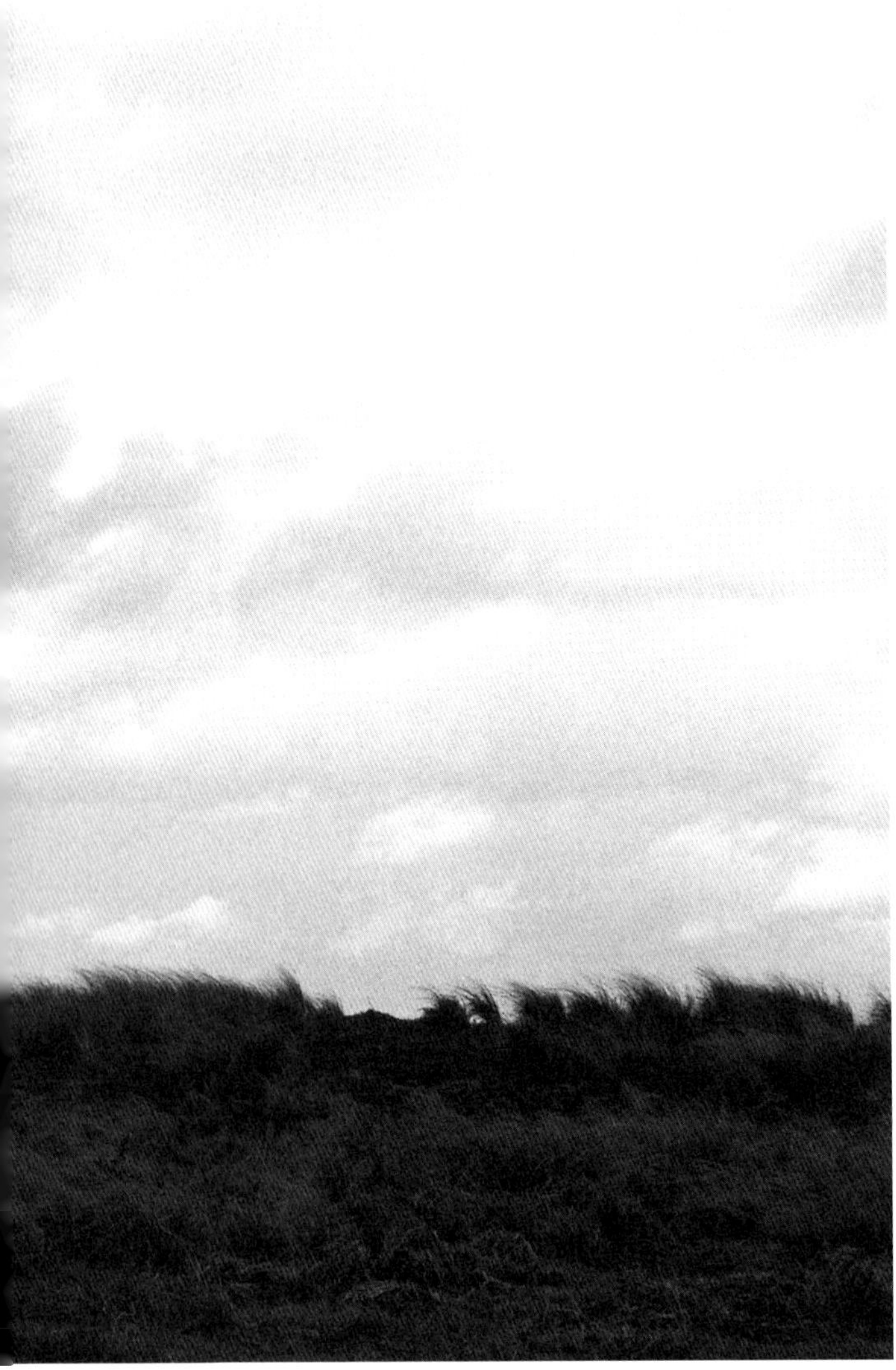

茶店

薄暗い店の奥、二階に続く階段の傍らに、〝病気、ガンも治る奇跡の温熱療法云々〟と書かれた貼り紙。私がじっと見ていたら、「二階の先生、普段はサラリーマンなので土日のみの診療なんですよ」、茶店の主人が言う。きょうは日曜日だ。

こういうものに興味はないのだが、なぜかふいに、「もう、ガンになんぞなりたくないぞ」という気持ちが湧き起こり、階段に足がかかっていた。呆れたような顔をして連れのK男とM子もついてくる。

二階には、筒袖の白衣に袴姿の中年男が笑顔で立っていた。雑然と物が置かれた板敷きの部屋。私は椅子に座り、なにやらボッチだのスイッチだのが並び、足の形が描かれた台に両足を載せる。この医療機械からは、体にいい電波が出ているという。

「七十過ぎのお婆さんは、この治療をしたらメンスが戻りました」と、大真面目な顔で先生。

「ええっ」、私とM子は同時に小さく声を上げ、顔を見合わせる。

（そういうものは戻ってこなくていいんですけど）などと思いながら、じっと電波にあたる私。後方では、K男とM子がかわるがわる先生に質問をしては、楽しそうにくつくつ笑っている。

「あの機械は、電気炬燵《ごたつ》とは違うのでしょうか。お高いのですか？」

「はい、こちらは三十三万円しました」

「あの毛布みたいなのは、おいくら？」

「はい百五十万くらいです」

思わず振り返ると、ピンク色をした電気毛布みたいなものが、寝台の上にぐんにゃりと載っていた。

「花さん、効いてます？」

「うーんと、なんだか足の裏が熱いような痒いような」

「そうそう、ポカポカしてきたでしょう。血流が良くなって」と、先生。

そのうち、連れのふたりは溜息などつき、おとなしくなった。飽きてしまったらしい。

私はひとつの機械治療だけで早々に切り上げ、高いのだか安いのだかわからない料金を支払った。

階下の茶店に、客は私たちだけだった。この店は神社の敷地にあり、座敷を囲むガラス

CAPTAIN STAG
200
80円
ほうれん草
230
モロヘイヤ
150円
150円
120円
130

窓の外は竹やぶで、山の斜面が向こうに落ち込んでいる。

お酒のつまみに味噌田楽を注文。薄切り羊羹みたいな赤い物に、真っ黄色の味噌がかかっている。

「なんだろ、この赤いの」

「味がしないわ」

「それ、こんにゃくですよお」、店の主人が日焼けした顔を座敷に突き出してきた。

私が一切れ食べて残したら、「食べないなら、僕がいただきます」、K男がぺろりぺろりと飲むように私の分までたいらげ、「意外とうまいですね。もうひとつ、これくださーい」。

ギギイーンビヨヨヨヨヨーン……キュイッキュイッ……ビヨーン、宇宙人が出てきそうな未来的な音楽が店内に流れている。シンセサイザーか？　所々のキュイッキュイッは、宇宙人の声にも足音にも聞こえる。酔いも回り、畳に足を投げ出し、ぼんやりしていたら、窓の外を何かがスイスイと横切った。

「台湾リスですよ。あいつらのせいで生態系が崩れたって言われてますよねえ」、また首を突き出して言う主人。

でも、リスはこの建物のぐるりに設置された竹竿の上を走っているし、餌付けしているのはこの男に違いないのだ。リスは見たこともない大きさで、食べ過ぎなのかお腹も背中ももっこりとふくらみ、銀狐のような尻尾だけでも三十センチはある。ぶっとい尻尾を振り振り、敏捷に駆け抜けていく。さっきのキュイッキュイッは、巨大リスの鳴き声だった。いやに目と目が離れ、落ち着きなく動く黒い目玉はどこを見ているのかわからない。

「あらあ、凶暴そうねえ」、窓ガラスに張り付いて眺めるM子。

その日の真夜中、ふいに目が覚めた。足の裏がひどく痒い。よく見たら、水疱状の赤いぶつぶつができている。きっとあの二階でうつったに違いない。別の患者の水虫が。

池の男

飲食店や風俗店の立ち並ぶ路地を抜けた途端、空が明るく開けた。大通りの向こう側、揺れる柳の枝越しに光る水面が涼しそう。蒸し暑い昼下がりである。

池のほとりを歩けば、ベンチからずり落ちそうな格好で眠りこける者や、ぼんやり突っ立って鯉や水鳥を眺める者、犬の散歩をする者、いつもと同じ光景が続く。

ある一角にさしかかると、にわかにあたりが騒がしくなった。耳を圧する甲高い鳥のさえずり。小さくて、茶色い毛が生えて、顔が白くて、丸っこい生き物の群れが、そこらじゅうに、もごもごと蠢《うごめ》いている。

あっ、雀がいっぱい。

その雀の絨毯のほぼ真ん中に、ひとりたたずむ痩身の男。髪も髭も白いが、彫りの深い顔の皮膚は日に焼けてテラテラと黒光りし、歳がよくわからない。

男がまっすぐ前に突き出した右掌には白いパンの塊が。それを目がけて雀が飛んで来ては、ついばみ、小さな一かけらをくわえて飛び去る。まるで順番が決まっているかのように、雀たちは争うこともなく一羽ずつやって来る。たまたま二羽が鉢合わせになってしまうと、片一方が驚いたように空中で羽をばたつかせ、戻って行くのだ。

男は雀たちの様子を見ても、まったく笑みも浮かべず、不機嫌そうな顔である。そして、眼光鋭く、ゆっくりと周囲を見回す。俺は凄いだろうと言わんばかり。小鳥に餌をやる人の顔つきではない。パンがなくなると、足元にいくつも置かれた大きな紙袋から、食パンを取り出し、ちぎっている。

一羽が去ると、間をおかず、あっちの木の枝から、次はこっちの地面からと、次々に男のもとへ飛んでくる雀たち。見回せば、植木の表面にも、木の枝にもずらりと並び、葉叢《はむら》の奥にもたくさんいるらしく、ガサガサと音を立てて木が揺れている。木の幹にしっかりと二肢でとまり、幹とは直角、つまり真横になったまま、大口を開けてチーチキチーチキビービービと鳴いているのもいる。興奮状態を表す、ちょっと下品な鳴き方。

うるさいほどのさえずりと、ざっと二、三百羽はいそうな雀の大群に当てられて、軽いめまいがした。二歩ばかりよろめき、慌てて足を踏ん張ったら、片膝がくにょりと折れ、その場にしゃがみこんでしまった。

あっ、ここでも、やっぱり、やっている……。

目の前の地面が掘り返され、その窪みの中で、二羽の雀が土を肢でかいて互いの体にか

け合ったり、嘴《くちばし》で体を突っつき合ったりして嬉しそうである。うちのベランダの古い植木鉢の中でも、やはり二羽の雀が同じことをやっているのだ。はしゃぎ方を見るに、雄雌に違いない。それにしても、この辺の雀は、うちに来る雀よりずいぶんと痩せて小さい。栄養が違うのだろうか。

我が家のベランダに米を撒いてやったり、カーテンの陰から覗いて雀を観察したりしている私は、男に質問をしてみたくなった。「ここまで雀が馴れるには、どのくらい時間がかかるものでしょうか？」とか、「中には変てこな性格の雀もいますよね。たとえば、うちの場合は……」とか。台詞を頭の中で繰り返しながら、私は男に近づいて行く。相変わらず腕を突き出し、直立不動、しかめっ面のままの男。近寄りがたい雰囲気である。

「あの」

小さい声で言いかけた私を、男はじろりと横目で睨んだ。そして、あいている左手を胸の辺りまであげるや、私に向かって乱暴に振り、（あっち行け、シッシッというように）追い払う仕草をするのだった。

追い払われてしまった私が、離れた場所から見ていたら、「おーい、もう終わりにして、こっち来てやれやあ」「あとで皆でフラワーナントカに行くべ」、だいぶ後方の地べたに座り込み、ワンカップ大関片手に真っ赤な顔して楽しげなおじさん二人が、男の背中に声をかけた。しかし、男は見向きもしない。返事もしない。やっぱり、威張っている。

湖畔で

山の中腹に小さな湖があった。木々に囲まれ、暗く沈んだ色の水面が寒々しい。湖畔の一角は、「こども遊園地」だ。シャッターが閉められた売店の間を抜けていく。あちこちに置かれた幼児用の乗り物。象もライオンも薄汚れ、捨てられたおもちゃみたいだ。木馬が三頭だけのメリーゴーランドが回っている。一周が短いから、せわしない。グルグルグルグル。ひとり木馬に乗った男の子が火のついたように泣き出した。若い母親はよそを向いて立ったまま知らんぷりだ。

今にも雪が降り出しそうな空の、低い雲の隙間から、ふいにまぶしい陽光が射し込み、傍らのＵＦＯキャッチャーの中を明るく照らし出す。積み重なったぬいぐるみは、目をぱっちり開けて可愛い顔した死体の山。

湖面に浮かぶ水鳥を眺めていたら、背後から男女の笑い声が近づき、私と同年輩の女と、だいぶ年下らしき大柄の男が腕を組み、ぐにゃぐにゃともつれ合うような格好で通り過ぎていく。二人が立ち止まり、男の方が空に向かって何やら唸《うな》った。と、女がそそくさとバッグから菓子パンを取り出し、袋を破り、男の大きく開けた口に半分にちぎったパンを押し込んだ。あれはきっとクリームパン。目を見開き、嬉しそうにクリームパンを頬張る男。

「あ、アベック雀みたい」と、私は思う。

時々、家のベランダに米粒を撒く。雀たちが食べに飛んでくる。中に二羽連れ立って来る雀がいる。一羽は巨体で、もう一羽はその半分くらいの大きさ。

デカ雀が羽を小刻みにバタバタやりながら、嘴を目いっぱい開き、ビービーと鳴く。まるで生まれたての雛。雀らしくない、どすのきいた声だ。と、チビ雀がついばんだ米を慌てて食べさせに行くのだ。デカ雀の口に入れてやると、すぐさまチビ雀は米のある場所に戻り、自分も食べようとするのだが、「もっとくれ、ビビー」とデカ雀が鳴き続けるので、食べる暇がない。動こうとしないデカ雀に、せっせと米を運び続ける。顔も頭も異常に大きい上、動きもどこか変なデカ雀。別の種類の鳥が着ぐるみを着て、雀に化けているのじゃないか？

親子なのか夫婦なのか他人同士なのか知らないが、ちょっと気の毒なアベック雀だなあと思っていた。ところが、最近、チビ雀が近くにいない間に、その目を盗むようにして、自ら歩いて行って米粒を食べるデカ雀の姿を目撃。私はムッとした。

植物園で

眼下に植物園が見えてきた。

その向こうには、夕陽に輝く海が。

「あと一時間くらいで閉まりますけど、よろしいですか？　〝ねずみショー〟も〝インコショー〟も、もうやっていませんけど」と、受付嬢。

ここは日本の果て、そのまたはずれの岬の突端だ。二度と来られないかもしれない。

「いいんです、入ります」

すると、入場料千五百円を千円にまけてくれた。

ここには動物もいるらしい。はじめに見えてきた檻の奥に、茶色い生き物がうずくまっていた。目を凝らしたら、犬のセントバーナード。

サボテンもあればヤシの木もある。さまざまな珍しい植物が生い茂り、ちょっとした南国パラダイスだ。それなのに、スピーカーから響いてくるのは、昔、耳にしたじめっとした日本のフォークソング。せめてハワイアンか映画「南太平洋」風の音楽にしてもらいたい。

立て札に動物の名はあるが、姿が見えない。フラミンゴもリスザルもいない。動物ふれあい広場にいるはずのハナちゃんというロバに会いたかったが、家畜小屋の狭い隙間から茶色い鬣《たてがみ》と足の一部が見えただけだ。一部分だけでも可愛かった。

池に一羽の白鳥がいた。こんなに肥《ふと》っていて大丈夫なのだろうか。私が池の畔で餌を買うのをはしっこく見つけたデブ白鳥は、私に向かって大声で鳴き立てる。水上に餌を撒いてやったら、あれよという間に食べつくし、バシャバシャと陸に上がってきた。動きが早い。そして、長くぶっとい首を伸ばし、黄色い嘴を大きく開け、「その手の中に、まだ持ってるんでしょ」とばかりに、私の左手めがけて襲いかかって来た。逃げる間もなく、指の先をパクッとやられて痛かった。

人工のジャングルもある。鬱蒼《うつそう》として薄暗い。作り物の鰐《わに》が潜む人工の川に、ちょろちょろと落ちる人工の滝。夕暮れの斜めの陽光がバナナの葉をくっきり浮かび上がらせる。あちこちに半裸の美女たちを横たわらせれば、江戸川乱歩描くパノラマ島のようである。うっとり眺めていたら、早くもスピーカーから「蛍の光」が。

帰り際、さっきの池へ。下手くそが吹くラッパみたいな胴間声《どうまごえ》で鳴きながら、デブ白鳥が空に向かって首を伸ばし、大きく羽を広げるや、水の上に立ち上がったような格好のまま突進していく最中だった。水しぶきが上がり、今にもそのまま宙に飛び立ちそうな勢い。

彼の行く手には小島があり、係員の若い女性が餌の入ったバケツを片手に立っていた。

「すごい食欲ですね」、思わず声をかけると、「時々、怖くなるんだわ」、女性はニコリともしないで言った。

川沿いの町

私以外、誰も電車を降りなかった。静かな町だ。駅前からだらだら坂を下り、道を左に折れ、赤錆びた鉄橋を渡ってみる。遥か山々から吹き渡ってくる風に、川は波立ち、気持ちのいい音を立てている。

その川沿いに、古びた木造家屋やビルが寄り固まり、焼け跡のように煤《すす》けた色をした一角が。〝マユミ〟だの〝恵子〟だの、店名がずらりと書かれた看板をくぐり、路地に入る。両側に並んだ店の大半は廃屋だ。ふいに何かが私の足元をすり抜けた。肥り過ぎて、薄毛の胴体がごつごつしたじゃが芋のように変形した小型犬。金色リボンをつけて、まるで宇宙犬だ。不気味なチワワは短い肢をばたつかせ、路地を抜けていく。

後を追い、コの字に曲がって行ったら、派手な身なりの集団にぶちあたった。路地に置かれた椅子に座る婆さん、立ってドアにもたれる婆さん、くわえ煙草で地べたにしゃがむ婆さんなど、六、七人がうさん臭そうにこちらを見ている。

どこから来たかと訊かれ、東京だと答えるや表情を和らげ、一斉に機関銃の如くしゃべり出した。方言なので、わからない。私への質問もわかったところだけ返事をする。

「どこに行くのか？」（本当は方言で。）

「犬についてきたのですが。肥ったチワワみたいな」

「○○ちゃんの犬っこか？　犬が好きなのか？」

「はあ」

「この人、誰かに似てるよ。似てるって言われるでしょ？」

じろじろと私の顔を見ながら、返事を待っているので、

「うーんと……不二家のペコちゃんに似てると言われたことはありますけど」

仕方なく答えたが、何の反応もない。怖い目で私を睨んでいる婆さんもいて、居心地が悪い。女優かなにかの名前を言えばよかったのか？

と、傍らの店から出てきた犬が、椅子に座った婆さんの膝の上へ。これも異常に肥ったポメラニアン。犬を大事そうに撫でる、しわくちゃな顔をよく見れば、年の頃は九十か百歳以上か。しかし、若い頃はさぞかしと思える美女。派手好みの一団の中でも、特に濃い化粧と花柄ワンピース姿が目立っている。ここのボス格かもしれない。

「私も子供の頃、ポメラニアン飼ってて……バカ犬で……」

家の犬のことを思い出しつつ話してみたけれど、婆さんたちはすぐに聞かなくなり、そ

猛犬に注意
若林
四丁目
19

れぞれ勝手におしゃべりを始めたり、開店時間が近いせいか、店の前を掃きだしたり。路地の反対側からオレンジ色がかった西日が射し込み、川音がかすかに響いてきた。

「それじゃ、お邪魔しました。さよなら」

挨拶しながら歩いて行く私の背後で、

「あっ、ブルドックだべ」「フレンチブルだべ」「ガハハハハハ」

確かに、似ていると言われたことはある。

ホテル

日暮れが近い。そろそろホテルを探さなくては。この頃は携帯電話のインターネットでホテルを検索することもあるが、観光客もなく小さな町の場合、宿賃が安いからとうっかり予約しては、大失敗することがある。今回は、宿をこの目で確かめてから選ぶことにした。一軒目。通りから見上げると、二階から四階までの窓のカーテンほとんどが破れ、その布が窓に挟まったたまま、外にだらりと垂れている。事故でもあったのか、玄関扉のガラスに入った大きなひび割れにガムテープが貼られ、その横に下がる札には、手書きで「いらっしゃいませ」。

ガラス越しに薄暗い館内を覗いていたら、フロントカウンターの向こうでうつむいていた男が顔をあげた。よく見えないが、なんだかぐしゃぐしゃした顔をしていて、怖い。と、男がカウンターから出てきた。こちらにゆっくり歩いてくる。片目に眼帯、その上から眼鏡をかけている。眼帯のガーゼが、いやに分厚いので、眼鏡が斜めにはずれかけていて、どんな顔なのかわからない。男にお辞儀をしてホテルを離れた。

駅で見た地図を思い出しながら、もう一軒のホテルへ。閑散とした商店街を抜けると、広い空き地にでた。コンクリートの塊や焼けた材木などが所々に積まれている。夕暮れの薄寒い風が通っていく。

砂利《じゃり》だらけの空き地に立ち、空を仰いだ。何か様子が変だなあと思う間に、黒雲があっちからもこっちからも湧いてきて、もごもごと動きながら一か所に集まり、その雲の塊の真ん中に穴が空いた。中は真っ赤だ。夕陽の色とは思えない赤の色。マグマみたいだ。今にも溢れ出てきそうだ。雲は生き物の如く蠢き、膨らんだり散らばったり流れたり、めまぐるしく形を変える。マグマの色も、赤から黄金色や紫色に。

目の前の大スクリーンに、まるで地球最後の日みたいなスペクタクルが展開されているというのに、観客は私ひとり。この町の人は誰も気づかないのか。

やがて黒雲は空を覆い尽くし、あたりは薄闇の中に沈んだ。砂利につまずいて転びそうになる。町を見回すと、一軒だけ背の高い建物がぽつんと立っていた。てっぺんに「ホテル××」と書かれた看板が。

「すみませんねえ。今日は満室ですよ。お客さんも知ってるでしょ。○○スーパーって大きなスーパー。畑の真ん中に連れ込み、ではなくて、ファッションホテル。お城みたいな建物、あったですよ。火事だか事件だかあって壊して、跡にスーパー建ったです。明日から開店するですよ。お祝いのイベントあるから、団体さんの貸し切りですよ。明日は議員さんも来るらしいね」、フロントの中年女は嬉しそうだ。

エレベーターの扉が開き、高笑いと共に背広姿の男たちが現れた。顔をテカテカさせ、「これから宴会だ、楽しいなあ」という様子で、にぎやかに外に出て行った。

「向こうの通りに、もう一軒、ホテルありますよ。あそこは空いてると思いますけどねえ。場所は……」

場所は知っている。もと来た夜道をとぼとぼと。背中と肩の荷物が重い。商店街は、ますます暗く静かだ。ある店のガラス戸を覗くと、裸電球に照らされた店の奥座敷で、やけくそのように大の字に仰臥《ぎょうが》している老女は、私と同じ年頃かしら。

さっきのホテルの前に再び立つ。窓にひとつも灯がない。フロントには誰もいない。しばらく考えたが、やっぱりここに泊まるのは、私には無理だ。駅まで戻り、電車に乗った。

声

廃業した旅館ばかりが立ち並ぶ坂道を下って行くと、行き止まりだった。

「おい、おい」

あれっ、人の声だ。私を呼んだのだろうか。足を止め、あたりを見回す。人の姿も、犬の影もない。空き地に茫々《ぼうぼう》と生えた雑草が暑苦しい。平屋の軒先《のきさき》の錆びた風鈴も鳴らない。よどんだ空気は、強烈な猫のオシッコの臭いがする。

どんよりした空の下、暗く灰色がかった景色の中に、派手な真紫色の、変な物体がひとつ。なんだ、あれは。猫に似ているけれど。近づいてみたら、土佐犬ぐらい大きい、ぬいぐるみ。

地べたの上で前肢を揃え、クナッと木の幹に凭《もた》れかかる様子、首の傾げ具合、背中からお尻にかけての太い線など、まるで生きているみたいだ。ふっくらした背中を指で押してみたら、生温かい水がしみ出てきた。

これは、虎だろうか。豹か、雌ライオンか、それともレオポン？　どれにも似ていない。

けばけばしい紫色の大きな体と大きな頭。いやに間が離れた二つの透明まん丸目玉が、遠く、あらぬ方を見つめている。ちっとも可愛くない。むしろ凶暴そう。でも、なんだか雰囲気のあるぬいぐるみだ。さっき私を呼んだのは、こいつのような気がする。映画に出てくるマフィアの親分の如き、あのしわがれ声は、いかにも、こいつにぴったりだ。

廃屋の縁の下から、二匹の痩せ猫が飛び出てきた。二匹は気味悪そうにぬいぐるみを避け、遠回りしておずおずと近づいてくる。商店街で土産に買った紅白のかまぼこをちぎってやったら、二匹は唸り声を上げ、互いの頭を叩き合いながら、奪い合って食べるのだった。

坂道を戻る途中、何度か振り返った。紫色のあいつは、相変わらず、まじめな顔して、木の下に横向きに座っている。どこか別の世界から、こんな場所にやって来てしまい、帰ることもできず、ただ、どうしようもなくて、雨風にさらされたまま、じいーっとしている変な奴。そう思うと、離れがたい気持ちに。

「おい、こっちこっち」「ねえ、ねえ」

知らない土地をうろうろしていると、ふいに何かが私を呼び止める。「ハナちゃん」と、名前を呼ばれることもある。一瞬、死んだ猫のくもかと思い、天を仰ぐ。でも、猫とは声が違う。大抵、低く、ぼそぼそした人間の男の声だ。あたりを憚《はばか》るように小さく囁きかけてきたり、いやに威張りくさった口調だったり。

空耳だ幻聴だと、人は言う。私は呆けてしまったのだろうか。でも、物や景色に呼ばれて、それで写真が撮れれば、言うことはない。なにより、周りが賑やかになる。

夜霧

ふと、読んでいた本から目を上げた。日中降り続いた雨はやみ、すっかり暗くなった窓の外にミルク色の霧が流れている。一階の勉強室から、霧に包まれていく庭の様子を眺めれば、まるで水の底にいるような心持ち。

三十人ほどの女子中学生と高校生が共同生活する寄宿舎は、休校日なので生徒の多くが実家に帰り、がらんとしていた。

私は五、六人の生徒と共に外に出た。霧はますます濃く、あれよと言う間に互いの姿が見えなくなる。

「タケダさーん、どこー?」

「はーいー」

霧の奥から呼び合う声は、遠くもあり、近くもあり。別の世界から呼ばれているような。

私たちは学校の敷地内を歩く。誰かが持ち出した懐中電灯も、あまり役に立たない。外灯の灯だけが、ぼおっと明るい。黒々とした建物や木々や電信柱が現れては、たちまち霧の向こうへ消えてしまう。霧はゆっくりと静かに流れているようでいて、ふいに素早く動く。気まぐれな生き物だ。

前方の霧の中からのっそりと人影が現れたので、ぎょっとする。懐中電灯に照らし出された小柄な中年男は、学校の小使いさん。廊下や庭の隅の方を、うつむき加減で目立たぬように歩く姿を、たまに見かける。寄宿舎の裏口にもゴミを集めに来たり、ストーブや風呂に使う薪や石炭を運んで来たりしていたが、寡黙な男らしく、声を聞いたことがない。

男は別に驚いた様子もなく、表情も変えず、霧の中に消えた。

「ねえ、知ってる？　あの人、寄宿舎の裏に穴掘って、あれ埋めてるのよ。見ちゃったんだ、あたし」

「埋めてるって、何を？」

「あれ」

「あれって何？」

言いにくそうに、「生理のナプキン」

女ばかりのこの学校では、そういう物を埋めてしまっていたのか……校舎や教会や寄宿舎周辺の地中は、そういう物でいっぱいなのだろうか。

数日後、私はひとりで裏庭に行った。高い木が植わり、陽の射さない、じめっとした場

所だ。湿った黒土の一部に深い穴が掘ってある。恐る恐る覗いてみたが、中は空だ。近くに、最近掘り返し、埋めなおし、スコップで平たくならし固めた跡がある。そのこんもりした土の上を見て、足がすくんだ。重なり合ったり離れたりしながら、元気にモゴモゴとネトネトと蠢いているのは、十匹ほどの大きなナメクジ。見たくないような……。でも、ずうっと見ていた。

本

風邪で寝込んだ時、怖い本を蒲団の中で読めば、ますます熱に浮かされ、快感である。昔からの習慣だ。入院した時も岡本綺堂や夢野久作や日影丈吉の本を持参した。麻酔のまだ醒めきらぬ朦朧《もうろう》状態に、病室での不安な夜に、ぴったりの読書。

一部の女子学生の間で流行った心霊ものに惹かれたのは中学生か高校生の頃だ。金髪女性の大きく開けた口から吐き出された太く白い棒のようなものが長く宙に伸び、その先がもやもやした人型に膨らんでいる。エクトプラズム（死んだ人の霊体）である。他にも、悪魔崇拝いけにえ裸体美女だの、ブードゥー教のエロな踊りだの、顔からはみ出しそうに大きな眼が怖い霊能者だの、ちょっとインチキ臭い写真満載の本の数々。

霊が体に乗り移り、口から泡を吹き、衣《ころも》の裾を乱しながら、のたうちまわったり踊り狂ったりしたら、いい気持ちかもしれない。美人霊媒師になってみたい。そう思い、ひとりでこっそり真似もしてみたが、美人ではない上、霊感もまったくないと気づき、すぐ諦めた。

小学校に入る前、寺に住んでいた。

「きょうは××ちゃんは来ちゃ駄目よ。△△ちゃんは一緒に遊ぼ」

山門前で指図し、近所の子供たちを従えて境内を闊歩する、憎ったらしい寺の娘であった。当時の写真の私……まん丸顔におかっぱ頭、短い手足はぷくぷくと肥り、足には父親の大きな下駄。嫌がって牙を剝く黒猫の長い体をひきずるように抱え、ふんぞり返っている。

Oちゃんという年上の男の子とは、貸し本屋で知り合った。参道脇に植わった百日紅《さるすべり》の枝にまたがった私を見上げ、

「ハナちゃんの家はお墓もあるからお化けの素なんでしょ?」

「お坊さんは死なないの?」

「ハナちゃんは尼さんになるの?」

などと、おしゃべりなOちゃんはいろいろと質問する。

「わかんなーい」と私。

Oちゃんは墓地で石屋さんが骨壺の出し入れをするのを見ては震え、寺の廊下の暗がりで私が幽霊の真似をして見せれば顔を歪めてひどく怖がるのだ。そのくせ、貸し本屋で借りてくるのは私と同じ、怪談チャンバラ漫画やSF漫画。本堂のがらんとした座敷にふた

り並んで寝転がり、読みふけった。

江戸時代から続く、お化けが出そうな古寺の便所は長い廊下の奥にあり、昼なお暗い。夜中にもよおせば母を起こして付いてきてもらい、お化け嫌いの母も私を連れて行く。便所の引き戸に大きく描かれた蓮の花が、薄暗い灯に不気味に浮かび上がっていた。

あの日、耳にした叫び声は、ジャングルの奥で響く甲高い鳥の声のようだった。慌てて駆けつけた寺の大人たちが便器の穴（汲み取り式なので、穴が開いているだけ）にはまり、危うく落ちてウンコに埋もれて窒息するところだったOちゃんを助け出したはずだ。それっきりOちゃんは寺に来なくなった。

夏休み

「人生は夏休みより短い」、アメリカ映画に登場した銀行強盗犯は言った。ギャングが言うから説得力がある。仕事は成功し、大金を手に入れたものの、男は裏切った仲間にあっけなく殺されてしまう。人生の最後には死が待っている。そして夏休みの最後には、宿題が。

「ああ、おそろしい」、宿題のことを思うたび、私は慄《おのの》いた。それでも、やらないのだが。気がつけば、夏休みは余すところ一週間ほど。机の上の宿題を前に呆然とする。学校に火をつけちゃおうか……どこに火をつける？　……いや駄目だ、のろまな私は必ず捕まる、あーあ。考えているうちに眠ってしまう。

先日、知人の息子が宿題のことでぼやいていたので、「お母さんにやってもらえばいいじゃないの」と、私の子供時代の話をしてやった。

たとえば工作の自由課題。母が作ってくれたモーターと電池で動く水車小屋は見事な作りで、たしか宿題なんとか賞の金賞を貰った。「何、泣いてんの。毎日ボーッとしてるからでしょ」、娘を叱りながらも黙々と工作をする母の手の動きを眺めているうちに、私は

横でまた居眠り。

たとえば書道。何事にも手加減しない母は、達筆でシュルシュルシュルと私の代わりに書いてしまうので、先生にすぐにばれた。そこで、細い線で母が下書きした上から私がなぞって提出したこともある。先生はすぐさま半紙を透かし、私を睨んだ。

勉強もせず、夏休みの日々を私は何をして過ごしていたのか。大体はボーッとしていたのだが、中学から高校にかけての数年間は盆踊りに夢中になり、東京および近郊の盆踊りをはしごして回った。櫓《やぐら》の周りをぐるぐると、いい気分で踊り続けるうちに、休憩時間がくる。踊りの輪が崩れた中に、ぼんやりとひとりたたずんでいると、ふいに宿題や学校のことが頭をよぎり、気持ちが沈む。しかし、ドドンガドンドドンガドン、太鼓の音と共に再び音頭が始まれば、憂鬱はたちまち吹き飛び、手足がクイックイッと動き出す。ああ、このまま踊りながら、あの月や星のずっと向こう、宿題も学校もない世界へチャンチャカチャンチャカとにぎやかに昇って行っちゃいたいなあ。いい形に指を反らした両手の間から夜空を見上げ、溜息をつくのである。

石

なんとか郷土博物館——小さな土産物屋、古風な旅館や民家が立ち並ぶ湖畔に、そんな名前の建物があった。夏休み中、家族と共に近くに滞在していた私は、たびたびその私設博物館を訪ねた。私設、つまり勝手にやっているのである。

館長は長く白い鬚《あごひげ》と厳しい容貌が、「水滸伝」の挿絵に出てくる人物か、骨接《つ》ぎの先生みたいな老人。着物に木綿袴姿はなかなか決まっていたが、たまに着る洋服はなんだか似合わない。いつもひとりで薄暗い館内の片隅や、玄関先に置かれた椅子に座ってぼんやり煙草をふかしたり、展示品の手入れをしたり。

何度も通ううちに顔見知りになり、無料で自由に出入りするようになった。老人も私も無口なので、たいして会話もせず、並んでお茶を啜った。

安い入館料なのに、客はほとんどいない。大きな農家の一部をそのまま使い、土間や座敷に雑然と展示物が置かれている。郷土博物館という名にふさわしい物といえば、昔の農機具や臼や釜、織り機など。それらに混じって、男と女のマネキン人形が立っていた。女の顔は塗装が剝げ、まだらに汚れ、まるで怪奇映画の中で、ひどい目に遭いボロボロにされた白人美女。金髪頭に手ぬぐいの姉さんかぶり、絣《かすり》のもんぺ姿だが、はだけた着物の胸元の赤い襦袢《じゅばん》がなまめかしい。男の方も茶髪で、馬鹿にくっきりはっきりした顔立ちに、刺し子のぼろ着と背負った鋤《すき》が不釣合いだ。でも、そこがいいところなのだ。

ほかにも、狸《たぬき》だか犬だかわからない剝製、古い看板、日本刀、古銭、人形等々。まるで古道具屋だ。日本の風景や人物の古い写真などと並んで、なぜかターバンを巻いたインド人と象の写真もあり、それが私のお気に入りだった。棚の上には、大小の石がぎっしり。なんだ、これは……と、人体の一部にも怪物にも見える、さまざまな色形の石を一つ一つ手に取って眺めているうちに、日は暮れてしまうのだった。

天井からぶら下がった、人間の下半身そっくりの木の根っこやアフリカ風の不気味な仮面が頭にぶつかる。うっかり棚を揺らせば、石や壺が落ちてくる。危なくてしようがない。埃だらけで、かび臭い。長く居ると、からだに悪そうなのだが、私には居心地がいい。

親に博物館のことを聞かれれば、「なんだかスケベな形の石や木の根っこがあるところです」と、報告はしていた。でも、大人になったら、あの老人のように自分で集めた変てこな品々に取り囲まれて、動かず、ただ、じいっと暮らしたい……そんな気持ちは話さずにいた。「やっぱりハナコはバカなんじゃないか」、いつものように父が母に言う声が聞こ

える気がして。中学生のあの頃から、私は怠け者だったのだ。

裏庭の鳥小屋には、「ニワトリ・○○種。性質は××である」などと、説明書きが貼ってあり、普通の白い鶏がいた。隣の金網小屋にも、「イヌ・○○種。性質おとなしく云々」とあり、中には赤毛の日本犬が。

その犬の散歩も買って出た。夏休みで観光に来ている少年少女たちを、さも地元の子供のような顔して犬と一緒に道案内し、お礼にかき氷を奢ってもらった事もある。

通いはじめて数年後の夏。私設博物館は跡形もなく消えていた。私は老人の名前も素性も知らない。近くに知り合いもいない。だから、老人がどうなったかわからず、ただ茫然とした。以来、夏休みの楽しみが減った。

テレビの番組で、「親の遺品で困った物ベスト」という特集を観た。一位が、「なんだかわからない石」。亡くなった親がどこで何のために拾ってきたのかわからない、ただの石ころ。みんなやっていることは同じである。うちのベランダにも石がずらっと並んでいる。二十数年の間に、旅先の海岸で拾った石だ。「いい加減にやめておかないとベランダが落ちますよ」と、言った人もあるが、大げさな。

はじめは旅の記念品のつもりが、次第に拾うこと自体が楽しくなった。石だらけの浜で、気に入った石を見つけると、両のポケットへ。大きいのはリュックに。拾いすぎて、帰途、だんだん重くなり、道に一個ずつ捨ててきたこともある。

たまのドライブ旅行で、猫の枕用に大きく平たい石を持ち帰った。ひんやりした石を枕に、夏の暑さをしのいでいる野良猫もいるのだ。しかし、過保護な我が家の猫はまったく興味を示さず、その石もベランダに放置。

どの石もただ丸いだけだ。「なんだ、これは」と、人が面白がってくれるような珍石はひとつもない。つまらない。あの私設博物館の老人は、よくぞあれだけの物を集めたと感心する。

曲がり角

あのお婆さんがやって来る。にぎやかな通りをスタスタと。子供の行進みたいに両手を振り、行き交うサラリーマンの群れをすり抜けすり抜け、歩道の上をやって来る。太り肉《じし》だが軽い足取りだ。裾短《すそみじか》にまとった木綿の着物にねずみ色の帯をきりっと締め、頭もきりっとひっつめ髪だ。

私は車道を隔てて反対側の歩道に立ち、左方からやって来るお婆さんを眺めている。もうすぐ次の曲がり角だ。来たぞ来たぞ……今に始まるぞ……ほら始まった。商店の先の曲がり角でぴたりと足を止めた婆さんは、姿勢を正し、左向け左。そして、路地に向かって踊り始める。

両手を高く上げ、ぐるぐる回り、手を振りながら拝むように体を上下させる。それを何回も繰り返す。何やら口ずさんでいるのは、歌だろうか。驚いて見ている通行人のことなぞ気にはしない。二十秒ほどで踊り終わると、また歩き始める。笑みを浮かべ、機嫌が良さそうである。

次の角でも立ち止まる。また踊る婆さん。角ごとに踊る。でも、広い通りとの交差点では踊らない。狭い道に限るのだ。

私は後をついて行ったことが何度かあるけれど、いちいち踊っていくので時間はかかるし、いつも同じ振りなのでこちらも飽きてしまい、お婆さんの住処《すみか》や行き先などを知ることはできなかった。

きっと何かの宗教に入っているから、ああやって踊っては拝んでいるのだと近所の酒屋の主人は言っていた。そうではないと中学生の私は思っていた。曲がり角に何かあるのだ、いや、角を曲がった道の先に何かがあるのだ。踊らずにいられなくなる何かが。

それは私が人の耳かきをしている時と同じではないのか。

家族の耳の穴をほじくる。頼まれてやることも、こちらから頼んでほじくらせてもらうこともある。私は乾いた耳くそをこそぎ落とし、かき取ることが好きなのだ。耳かきを始めて、しばらくすると、体がムズムズしてくる。でも、我慢する。そして、頭を傾けたり耳たぶを引っぱったりしながら、耳の穴の中の妙な形の出っぱりやテラテラした壁面をいろいろな角度から覗き込んでいるうちに、お尻の辺りがますますムズムズして、じっとしていられなくなる。お尻から背中、首の後ろ、頭にかけて虫が這いあがるような感覚に襲われる。

はきもの日方店
TEL (2)

「わあ、もうダメだ。ちょっとごめん」

家族の頭を膝からそっと下ろし、立ち上がる私。部屋の中を小走りに回りながら踊る。振りは自己流盆踊り、あるいは暗黒舞踏風だが、どちらかというと体をこねくる感じである。一踊りして気が済むと、また元の位置に戻り、家族の頭を膝に、耳かきを始める。一度踊りさえすれば、体の中から何物かがスッと落ちるのである。

それならば、耳の穴に似ている洞窟ではどうか。富士山の御胎内《ごたいない》洞窟などは特に似ている部分があるが、別に踊りたくはならない。何度も入ったことがあるが。

曲がり角と耳の穴。似ているような似ていないような。なぜ踊りたくなるのか、突き詰めて考えようとすると、頭の中に巨大な耳の穴が現れて、ムズムズしてきてしまい、とても考えられないのである。

傘

男友達A男のアパートで友人たちと落ち合うことになっていたので、昼間、雨の中を出かけて行った。約束の時間より早めに部屋の前に立つと、中から甲高い女の奇声が。恐る恐るドアを開けた。

目の前に広がるワンルームの部屋は、物がほとんどなく、がらんとした板敷きで、まるで舞台のよう。その真ん中あたりの床の上に、三人の男女がかたまって座っていた。見たこともない女が私の女友達B子の肩をつかみ、A男がそれを止めようとしている。そんなポーズでストップしたまま、三人が私に顔を向けている。学生の我々よりだいぶ年かさらしきもう一人の女は痩せ型の美人であるが、険しい目つきが恐ろしい。

B子が私に向かって何か言ったようだが、よく聞こえない。呆然と玄関先に立つ私。と、突然、年かさの女がなにやらわめきながら立ち上がり、こちらに突進してきた。まったく、わけがわからないのである。

ゾンビが襲ってきたあ……という気持ちで、私はとっさに手にしていた傘を開こうとし

た。防御のためである。ところが、慌てているので開かない。もう間に合わないから、そのまま応戦。傘の腹というか布の張られた部分で、女の体を横殴りにした。父から借りてきた大きなこうもり傘から、大量に飛び散る雨の雫《しずく》。女が床に屈みこんだ。その背中にも大上段から振りかぶり、バッサ……と一撃。すると、女は素早く私の脇をすり抜け、外に出て行ったのだった。

A男の説明によれば、女は彼の別居中の年上女房。ノイローゼ気味で病院に通っているという。夫のもとに押しかけて来たところ、B子と鉢合わせ。なぜか夫の愛人だと勘違いした女房はカッとなった。そこへまたひとり別の女（私）が現れたので、ますます興奮してしまったのではないかという。私には合点がいかない。そんなに女にもてそうにもないA男の、なんだかわからぬグジャグジャのとばっちりを受け、ひどく怒ったのだった。実は結構、怖かったので。

その夜、早速、一件を母に報告した。実演付きである。

再演してみてわかったことだが、急いで傘を開こうとしたり、傘で相手を叩こうとしたりする時、私は小刻みに足踏みしてしまう。

「こういう時って足踏みしちゃうんだね、ほら」

「あははは、その足がかわいい。その奥さんって人、ほんとにハナちゃんを襲おうとしたのかねえ。興奮して外に飛び出ようとしただけじゃないの」

「そうなのかなあ」

こうやって、ああやって、と床に向かって何度も傘を振り下ろしていたら、急に大きな毛の塊が飛びついてきて、傘の腹に抱きついた。傘が重くなり持ち上がらなくなった。いつのまにかやってきた猫が、喜び勇んでじゃれついたのである。

音

右に左に曲がりながら、頂《いただき》の山寺へと石段は続く。鬱蒼とした杉林に囲まれた暗い参道。遠くでトンビが鳴いている。傍らを歩いていたくもが、ぐんにゃりと、お腹を見せて寝てしまった。これ以上歩けないというサインだ。

重い猫を肩に、苔むした石段を上がる。猫用バッグから首だけ出し、殿様みたいにうららかな顔であたりの景色を眺めていたくもが、ふいに耳をそばだて、目を見開き、緊張の表情に。私も足を止める。彼方から幽かな物音。次第に大きくなる。くもがバッグの中に潜り込んだ。

タンタタタンタンタンタタタン……甲高く弾けるような、どこかで聞いたことのある、あの音は？　時代劇でお馴染みナムミョウホウレンゲキョウの団扇太鼓《うちわだいこ》ではないか。

白い衣に手甲脚絆《てっこうきゃはん》。白装束姿の一団が団扇太鼓を打ち鳴らしながらやってくる。総勢十人ほど。菅笠《すげがさ》に隠されて、顔は見えない。足早に近づくや、私を取り囲み、すらりと抜き放つ刀やら仕込み杖やら。あれよあれよという間にズタズタに切り刻まれる私。更なる刃一閃《いっせん》、冥土の土産とばかりに猫の首が宙を飛ぶ。ゆっくりとゆっくりと、そこだけスローモーションで。

こんな想像が頭に浮かぶうちにも、太鼓の音は近づき、大きくなる。夕暮れは迫り、山の下方を見通すことはできない。音だけが山を這い上がってくる。「来るよ来るよ、こっちに来るよ」、話しかけながらバッグをしっかと抱えれば、中でガタガタと震える猫。

と、突然、太鼓の音がやみ、あたりは森閑となった。気持ちが落ちつくにつれ、ひどく怖がらされたことへの怒りが湧いてきた。その勢いで、私は一気に石段を駆け下りた。息を切らして山の麓《ふもと》まで下り、山門の外まで走り出た。けれど、それらしき人影はどこにもなかった。

地方の古い旅館に泊まった知人が、連れと一緒に夜ご飯を食べている最中、隣室から賑やかな音が漏れてきたそうだ。多人数の宴会らしく、チントンと三味線の音までする。耳を澄ましているうちに、気づいたそうだ。宴会中の男たちは、なんとお侍さん（それが し××でござるとか、まことにかたじけないとか、聞こえたらしい）。やがてぷつりと音は消え、仲居さんに確かめてみたら、隣は空き部屋で、泊まり客もいないという。ここにも賑やかな音だけのお化けが。

ヒゲ

山荘の前に到着。

ドアを開けるや、車から飛び出すくも。道路を猛スピードで駆けていく。ドッグレースの犬のような走りだ。五、六十メートルほど先で急停止。ウガガガアア、雄叫びをあげながら向きを変え、こちらに駆け戻ってくる。そして、口をいっぱいに広げて、ニヤアゴ（こんなに私は嬉しいですよ）と、訴える。すると、近くの林の中から、ギエー。答えたものがいる。驚いたくもがアオーアオーと、空に向かって二度鳴けば、ギエーギエー、相手も負けずに二度鳴き返してきた。雉《きじ》である。猫と雉のやりとりは、しばらく続いた。

こうして、ひとしきり山荘に来た喜びを表して後、くもは悠々と近辺の偵察に行くのであった。

ある夏。しばらく戻らなかったことがある。私が庭に立っていると、草をかき分ける音と共に、叢《くさむら》から姿を現した。様子が変だ。一目散に私のもとに駆け寄り、しゃがんだ私の股の間に入ってきた。毛が逆立ち、尻尾も狸のように太くなっている。かすかに震える体。

息も荒い。

斥候《せっこう》に出て行った兵隊が必死の思いで陣地に戻り、上官に報告するように、上目遣いで私を見つめ、

「くも二等兵ただいま戻ってまいりました。上等兵殿、自分はすごいものを見てきたのであります。ものすごく怖い目に遭ったのであります。もう、自分は駄目であります」

そんな感じだ。なんだか顔つきもいつもと違う。よくよく見れば、ヒゲが全部、時計のぜんまいみたいにくるくる巻きになっているのだった。八本だったか十本だったか、全ての長いヒゲが。

私は思った。こんなになっちゃうなんて……ああ、もうこの猫は駄目だな、きっと死んじゃうんだな。

「おい、くも二等兵しっかりしろ。死ぬにはまだ早いぞ」

両腕で抱えてやったが、ぼーっとしたまま、くもは動かない。

いつだったか凶暴な大猫に追われ、逃げ帰って来た時でさえ、こんな状態にはならなかったのに。一体、何があったのだ。お前は何を見たのだ？

時間が経ち、気がついたら、ヒゲはもとのようにぴんとなっていた。疲れきった様子で、くもは家の中に入り、寝てしまった。それから丸二日、外に出ようとしなかった。

怖い目に遭うと、猫の場合はヒゲが丸まるのか……知らなかった。私の場合も、かつて母のお化けが出た時には、きっと無いヒゲが丸まっていたのだろう。しかし思い出すだに恐ろしいので、その時の事は書けない。

埠頭

車のドアを開けるや、するりと外に飛び出たくも。風の中を一目散に海の方へ走って行く。三方を岩山に囲まれた漁港には誰もいない。埠頭に当たる波音だけがチャッポンチャッポン。

くもが肢を止め、振り返った。神社の狛犬《こまいぬ》みたいに反り返り、威張った形でこちらを見ている。

「よっ、いい格好、立派」、ほめてやる。

風にあおられて腰を上げ、今度は後ろ向きになった。強風で肛門の周りの白い毛がかき分けられ、お尻はまるで満開の八重桜。

「くもちゃーん」

呼んだら、振り切るようにまた駆け出し、埠頭の突端に引き上げられた漁船に飛び乗るや、「ウアアアアー」。

いつになく野生的な雄叫びだ。それに答えて、ピーヒヨロロロー。見上げれば、上空遥かをトンビがゆっくりと旋回している。一羽かと見れば、もっと高い方からも舞い降りてきて二羽になり、山の方からもまた一羽と、みるみる数が増える。ふんわりと風に乗ったり、急旋回したり、二羽で絡み合ってみたり。

気がつけば、十羽以上に。どのトンビも首を伸ばしてくもを見下ろしているのが、ここからでもわかる。だんだん鳴き交わす声がうるさくなってきた。眼下の猫について何か言い合っているらしい。くもを中心とした上空のトンビたちの輪が次第に小さくなり、茶色い渦《うず》のようだ。

やっと上空の異変に気づいたくも。首を縮め、四肢を広げ、這いつくばっている。そうすれば目立たなくなるとでも思っているのか。獲物を狙う鳥の群れと追い詰められた小動物……『野生の王国』みたいだわあと、ぼんやり眺めていたのだが、ハッと気づいた。

「危ないっ、食われる」

走ったが、意外に遠い。息を切らし漁船に駆け寄り、くもを抱き上げた。

と、一羽のトンビがこちらめがけて急降下。そして、手が届きそうに近い中空で大きな翼を荒々しくばたつかせながら身をひるがえし、昇っていった。人間にも猫にも立てることのできない、野生的で美しい羽の音。私たちをからかうように見開かれた、まん丸のふたつの目玉。私も、私の胸にしがみついているくもも、呆然として見送った。

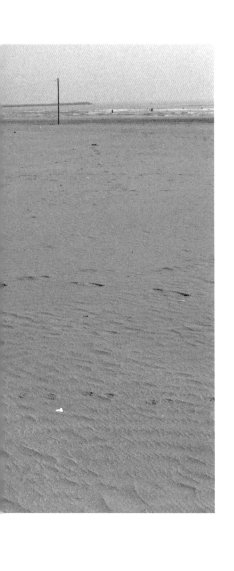

車へ戻る途中、頭に鉢巻、真っ黒に日焼けした老人が、何か言いたそうな顔でやってきたので私は言った。

「トンビに襲われるかと思いました」

老人の言葉は、早口の方言なのでよくわからなかったが、こう聞こえた。

「トンビが子犬をくわえて飛んで行くのは見たことあるが、そんなでっかい奴は襲わないぞ。その動物はなんだ。犬か猫か。気持ち悪い奴だな。かわいくねえな」

無礼な老人である。

旅

川を渡り、畑を抜け、夜の田舎道を車は走る。街灯もなく、ヘッドライトだけが頼りだ。やがて、闇の中に、ひと際明るく、「ホテルニューヨーク」の真っ赤なネオンが。やっと見つけたラブホテルだ。古ぼけ薄汚れてるが我慢しよう。

だだっ広い部屋の真ん中には、自動車の形の巨大ベッドがデデーンと置かれていた。まず、バッグから猫を出す。くもは部屋を見回し、不満そうに鳴き始める。紙袋から取り出したトイレ用バットに猫砂を入れた途端、中に飛び込み、大きなウンコをした。後ろ足で砂を蹴散らしながら、ウナアーと、一声。ふたつの紙皿に缶詰のキャットフードとおかかを入れ、水を入れた器も並べて置くと、唸りながらがつがつと食べ、おかかを鼻息で吹き飛ばすのだった。

　自動車の上に布団を敷いたような、変てこなベッドに寝転がり、枕元のボタンを押してみる。上下に小刻みにゴトゴト動き出し、同時にベッド自動車のヘッドライトも点灯。別に嬉しくもない。

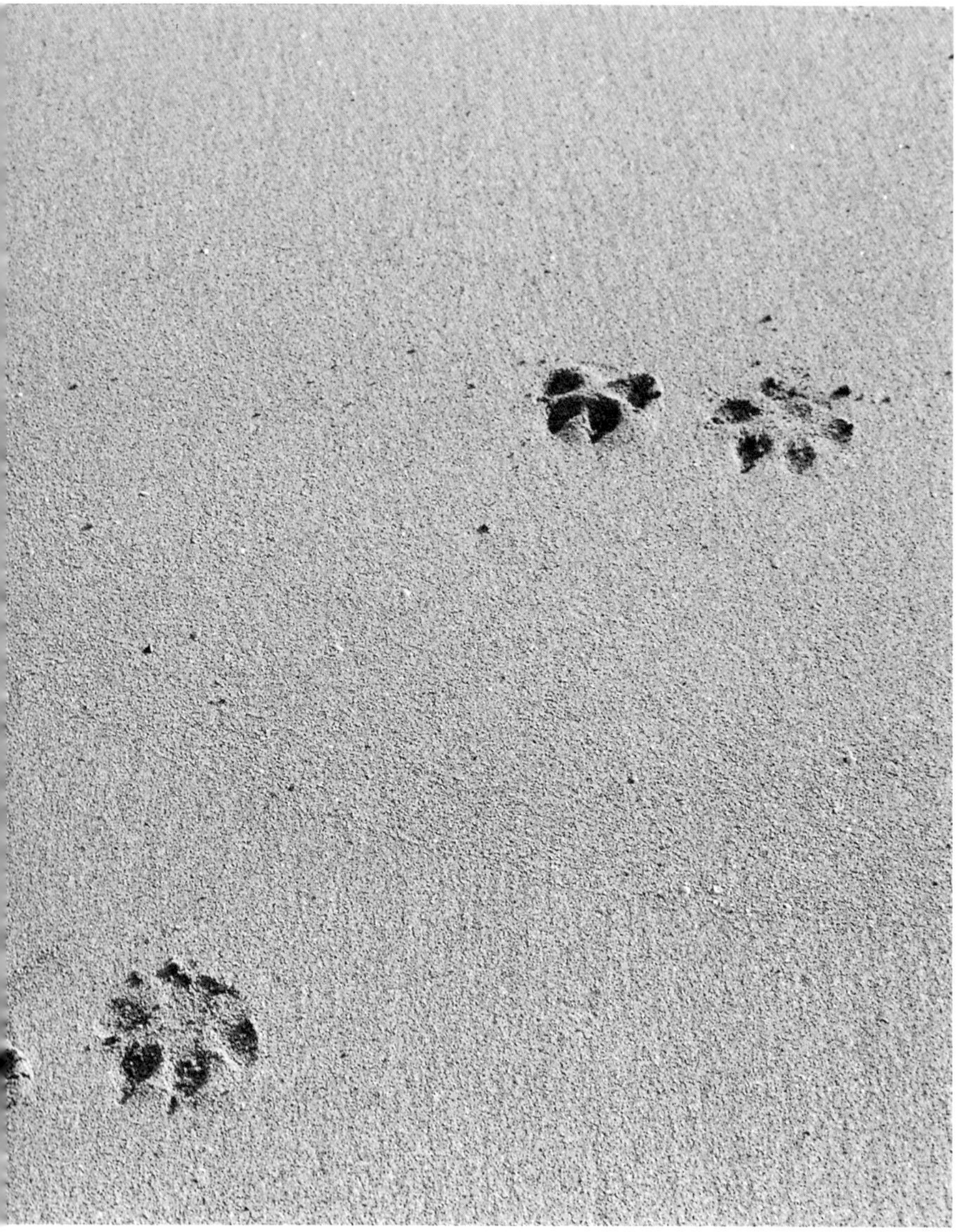

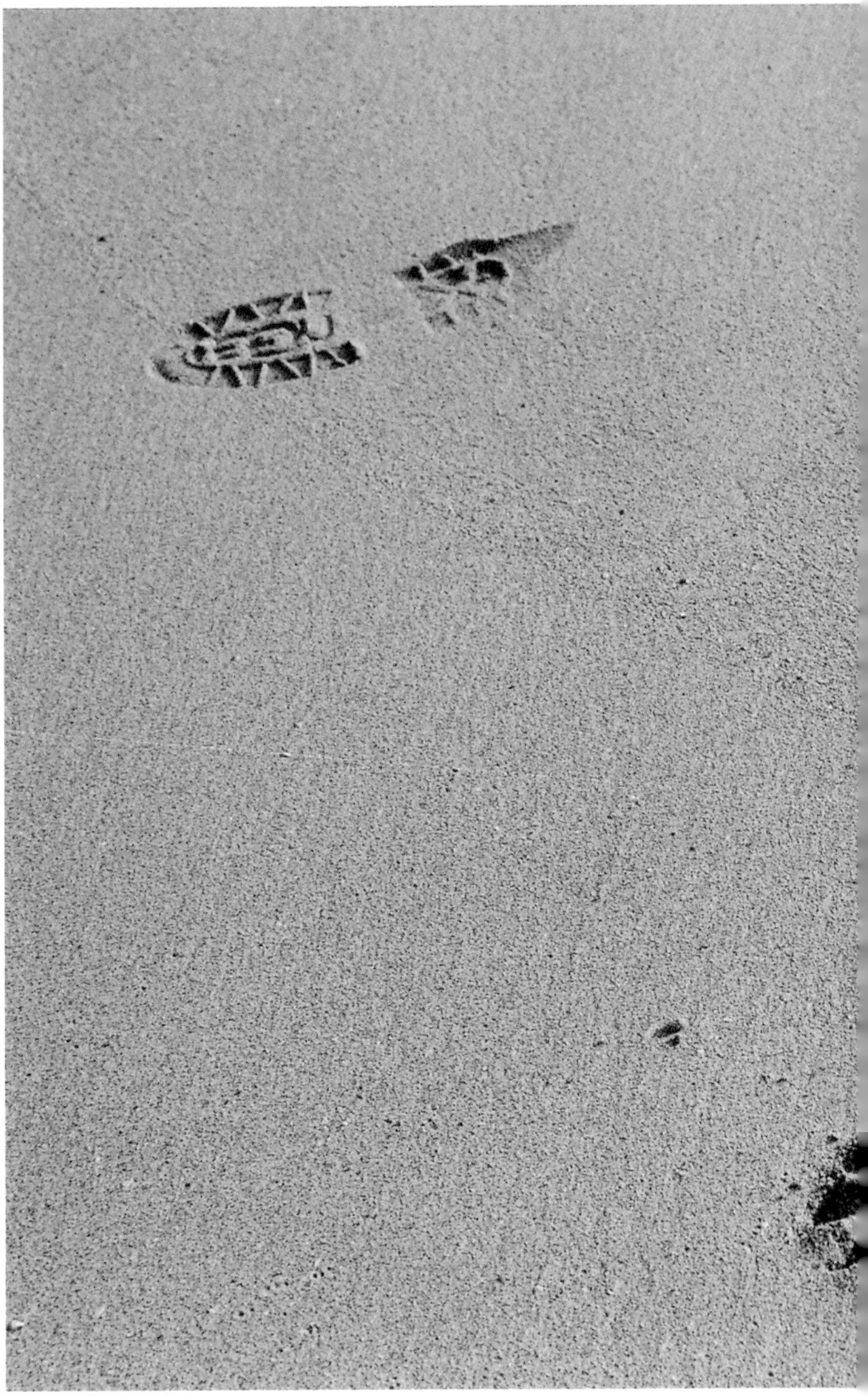

気がついたら、くもがいない。部屋の隅々、風呂場も捜した。窓も出入口も閉まっている。

「くもちゃーん」

おろおろと室内を歩き回る私の耳に、かすかにガサガサと物音が。耳を澄ませば、音はベッドの中からだ。ベッドカバーと蒲団を剝ぎ取り、箱型ベッドの周りを点検。隅っこに直径十五センチ程の穴を発見した。屈みこみ、中を覗く。ただの空洞ではなさそうだ。複雑に木組みがしてあり、電気装置なども入っていると想像される。

穴の中に向かって、「くもちゃーん」。返事はないが、奥の方で動く気配。なおも呼び続けたのだが、一向に出てくる様子がない。大猫である。もし中で何かに挟まり身動きができないのだとしたら……。消防士が斧やのこぎりで自動車型ベッドを壊し、中からくもを抱き上げるテレビ画面が頭に浮かぶ。「ラブホテルのベッドから救出された猫」。

ふと、思った。くもは、わざとこんな事をしているに違いない。近頃、旅行中に反抗的になることがよくあるのだ。

とある海岸で。忠犬の如く私の傍らを歩いていたくもが、突然、走り出した。凄い勢いである。慌てて追いかける。くもは競走馬の如く颯爽と入り江の波打ち際を走り、その向こうに聳《そび》える岩山を滑るように登り始めた。砂に足をとられ転びながらも、私は必死に追う。

まるで野生の鹿か山羊の凜々しさで、険しい斜面で足を止め、振り向いたくもが、ウガガガアー。私に向かって何か言っている。

「僕はね、ひとりでも平気なんだ。こうやってひとりで岩山にも登れるんだ。ハナちゃんがいなくたって、ひとりでも生きていけるんだから、ほら」

そう聞こえた。やっと岩に取り付いた私が這いつくばって名を呼べば、くいと振り向き、こちらを睨み、

「うるさいねえ、くもちゃん、くもちゃんって」

やがて、頂上まで行ったのか、姿が見えなくなった。このまま見失ってしまったら……半泣きで後を追う私。そのうち、あまりの高さと険しさに、私は岩に張り付いたまま動けなくなった。と、いつの間にか下りてきたくもが、岩をつかむ私の腕をわざとまたいで、嬉しそうにスイスイと下りて行った。

こんな事が何度もあった。ある時、追いかけずに、放っておいた。くもはひとりで道の向こうに消えた。そちらを見ないで知らん振りをする私。しかし、それっきりなので心配になり、捜しに行った。意外なほど近くの叢の中に見つけた。うずくまり、ぶるぶると震える姿は、猟犬に追われる白狸か。私が無言のまま背後からそおっと近づくと、ぎくっと

体を動かし、ますます縮こまった。死んだふりか。

　ホテルにこっそり猫連れで泊まれば、真夜中に遠吠えする、「家に帰りたい、こんな所じゃ眠れやしない」。しかたなく、鳴き声や出入りを気にしなくて済むラブホテルを使うことにしたのだ。

　もう名を呼ぶのはやめ、ベッドの穴の前にぼんやり座っていたら、一時間か二時間して、ウニャウニャと独り言を言いながら、穴から出てきた。体じゅうに綿埃をつけ、鼻の頭を真っ黒にしたくもは、一直線に猫砂へ駆け込み、長々と、大量のオシッコをした。

深夜に

夜半過ぎに帰宅した。ドアを開け、手探りでスイッチを押す。電球が切れたのか、玄関の灯が点かない。靴を脱いだ足を二、三歩踏み出したところで、ぎょっとした。

廊下とリビングとの境は開けたままである。反対側の窓からの逆光に、リビングのテーブルや椅子の輪郭がぼんやりと浮かんで見えるのだが、椅子に誰かが座っているのだ。真っ暗な部屋の中に、いるはずのない人の影。後ろ向きに座っているらしい。ずいぶん大柄である。男だろうか。足がすくむ。心臓が鳴りはじめ、鼻息が荒くなっているのが自分でわかる。

あんな風にじっとしたままでいるなんて、泥棒や強盗とは思えない。それとも私の知り合いなのか？　知り合いなら、余計怖い気がする。しかし、動かないのは何故だ。きっと私が近づくのを待ち構えているのだ。私は全身を固くする。おそらく向こうも、耳を澄まし、こちらの動きを探っているに違いない。

指一本動かすわけにはいかぬ。アレから目を逸らすわけにはいかぬ。ホラー映画では、

椅子に後ろ向きに座っている人物がくるりとこちらを向いた場合、内臓を引きずり出され目を抉《えぐ》り出された血だらけの死体か、母親や祖母のミイラか、残虐なナチス将校か、悪魔かお化けかゾンビか殺人鬼であるが……。

おびえつつ、ぼんやり浮かぶ怪しい人影を見つめているうちに、気がついた。

「ありゃ？」

そおっとリビングに入り、灯を点けてみたら、やはり、そうだった。人影の正体は、私が脱ぎ捨てた服や取り込んだ洗濯物などの山。何日もの間、ひとつの椅子の背に次々と重ねて置いているうちに、こんもりと人の形になっていたのだ。丸まった物が真ん中で盛り上がり、ちょうど人の頭に見えたのだった。

うちの猫が何かに驚いて、突然、真上に飛び上がったり、尻尾を太くして猛スピードで逃げて行ったりすることがあった。それが見間違いだったとわかると、猫は照れたように鳴きながら、体を横たえ、お腹を見せてゴロゴロと体を転がしていたものだ。私もいっぺんに力が抜け、床に仰向き大の字に倒れ込み、そのまま、しばらく動かなかった。

グヘヘグヘヘヘ……ひとり笑いをしながら。

T先生

水桶を片手に墓石の間を抜けて行くと、前方に小柄な背広姿が見えてきた。

「T先生ですかあ」、声をかける。

「ああ、ハナさん」、言うなり先に行ってしまった。

とうに九十歳を過ぎているとは思えぬ足の速さ。追いつくと、「ここやったかいな」、墓石の前に大きな蠟燭、線香、マッチを並べておられた。

「先生、違います。うちの墓は、こっちです」

一緒に私の両親の墓参りをしたのははじめてだ。

先生は寺からタクシーを呼んだ。車内での先生の話。京都の三大悪女（ある学者の妻、ある家元の妻、あと一人は忘れた）について。私の父と知り合った頃のこと。先生は従軍先の中国で終戦を迎え、軍服のまま訪れた上海で、代書屋のアルバイトをしていた父に出会った。お酒ばかり飲む父のために、下戸の先生はお酒を買いに行ったり、お酌《しゃく》をしたりしていたという。

私は高校生の時、父の勧めで、先生が住職だった寺の五重相伝《ごじゅうそうでん》（浄土宗の念仏会《ねんぶつえ》）に参加した。五日間、檀信徒が集まり、立ったり座ったりしながら念仏を称《とな》え、僧侶の講話を聞く。その寺では五十年に一度の珍しい行事だ。まだ土葬がされていた山を背後に、前方には湖を望む、静かな町であった。私は一週間ほど寺に泊まった。

今昔物語に出てきそうな古寺の本堂のぐるりは大量の蒲団で包まれ、ロープで縛られてあった。だから、中は一筋の光も漏れぬ暗闇になる。村中から集めたと思われる、赤やピンクや花柄、色とりどりの古蒲団に包まれた本堂の様子は、なんとも不気味なような可愛いような。

最後の日。一人ずつ線香一本の灯に導かれて本堂の中を歩くという（秘伝らしいから詳しくは書かないが）クライマックスを迎える。長い間正座して待ち、やっと私の順番が来た。線香の灯だけを頼りに立ち上がった途端、痺れた足がふにゃふにゃになり、ドドドドッと前のめりに倒れ込み、正面に座っていたお坊さんに覆いかぶさってしまった。「わっ、ふえええ」、暗闇の中で奇声を上げる坊さん。せっかく厳《おごそ》かに進行していた儀式だったのに……思い出しながら先生と笑った。「あなたの下敷きになった和尚さんはもう亡くならはったよ」。

タクシーが着いたのは博物館だった。展示品は、日本と中国の古い写経や書。中には国宝もある。いいのだか何だか私にはさっぱりわからない。中国人の字の方が面白いなあと思っただけだ。

「これは偽物だと私が判定したのです」と、中国の書を見ながら先生は言う。展示品の監修などは先生がやったらしい。それなのに、先生は入口でチケットを二枚買っていた。

「ここは会場が広すぎます。老人が休める椅子をいくつか置いてください。私はTです」、帰りがけに受付嬢におっしゃった。女は、「はあ」と生返事。（なに、このじいさん）という顔をする。その態度に、（無礼者め）という気持ちになり、女の前に立った私に、「ハナさん」、先生が手招きした。

玄関を出たら、「私はここで待っているから、もうひとつの展示を見てらっしゃい」。勧められ、仕方なく別棟の仏像展に行く。足早に見て回り、外に出たら、もう夜。

目を凝らして、先生の姿を探す。博物館前の広場中央に噴水の上がる石造りの池があり、その縁《ふち》に座って、池の中を覗き込んでおられた。薄闇の中、先生の中折れ帽に噴水の白い飛沫《しぶき》が降りかかる。私も並んで水面に向かい、手を叩いたら、赤、白、黒の見事な鯉が暗い水の底から現れた。「あ、私のマフラーはどこだ」と、先生。私は慌てて博物館に戻った。

その後、近くのホテルで先生の教え子であるイタリア人と日本人、ふたりの中国仏教学者と会食。「私の帽子がない」、ここのロビーでも先生の帽子を探した。紹興酒をいっぱい

飲んで、いい気分で先生のマンションに着くと、私はすぐ寝てしまった。

目が覚めたら、窓の外はまだ暗かった。襖《ふすま》を開けて驚いた。リビングの灯の下、本だの書類だのが山積みのテーブルの隅に先生が座り、狭い隙間に置いた書類に目を通しておられる。

「うわっ、先生、早いですね」

「ああ、おはよう。これは中国人の留学生の論文です。なかなか面白い」

見れば、既に背広にネクタイ姿である。私は慌ててシャワーを浴び、身支度を整えたが、急ぐあまり壁に立てかけてある大きな丸い座卓に足の小指をぶつけた。あまりの痛さによく見れば、竜宮城にでもありそうな螺鈿《らでん》細工の見事な品。先生に訊くと、「韓国の学会から帰ってくる飛行機に知らぬ間に載せてあった。狭くて置けない。あなたにあげよう」。うちも狭いのでお断りする。

先生は本だらけのマンションに一人暮らし。しょっちゅう外国の学会などに招かれては、一人旅をしている。

「これから、いらっしゃりたい所はありますか？」

「死ぬまでにナイアガラの滝が見たいなあ」

病室

手術を控え、数日前から入院していたある夜のこと。息苦しさに目が覚めた。心臓が大きく鳴り、胸が痛い。ナースコールのボタンを押した。

「くるしーいー」、やって来た看護師に訴えると、「今、先生、呼びますからね」、慌てた様子で病室を出て行った。

バタバタガラガラと騒々しい音が近づき、白衣姿の若い男と二人の看護師が、ワゴンやら機械やらを押して入ってきた。はじめて見る医師は、まだ二十代に見える頼りない感じの青年。

「タケダさーん、どうしました?」

「心臓バクバク……ぐるじい……ううう」

口も満足に利けない。私の胸に聴診器を当てながら、医師がなにやら指示。看護師の手でたくさんの管が私の腕や胸に次々とつながれ、テレビみたいな機械がベッドの傍らに置かれた。後に知ったが、心電図モニターという機械。映画やテレビでお馴染みの、あれである。見れば、心電図の波線が大きく上下し、数字が160と出ている。心拍数か。

(この線がまっすぐ平たくなっちゃったら、私、お陀仏《だぶつ》なんだわあ)、そう思った途端、心臓がますます高鳴り、波線もますます激しく上下(だいたいこういうものを患者本人に見せていいものなんだろうか)。

「おかしいなあ。タケダさんはまだ手術前でしょ。血液検査の結果はどうなってる?」

「あっ、ここにはありません」と、看護師。

(何をやってるんだ)、ムッとなる私。

看護師が出て行き、戻ってきた。

「タケダさんの血液検査の記録がありません。していないんじゃないでしょうか」

「えっ、そうなの? おかしいなあ」

そういえば私もされた記憶が無いので、首を大きく左右に振り、目を剥いて、唸ってみせたが、三人ともわざと私を見ないようにしているみたいなので、腹が立つ。

「××を打つから用意して。今、落ち着く薬を打ちますからね、静かにして」

おとなしくする私。

と、ガッチャンガチャガチャキンカラカンカンカーン、耳をつんざく金属音が響き渡り、続いて床のあっちこっちに何か固い物質が滑っていく音が。首だけ起こし、横目で見れば、注射器などが並べられたトレイを若い看護師がひっくり返したのだった。「すみませーん」「あらあらあら」。看護師ふたりが床に散らばった物を拾い集めている様子だ。

（バカ）、心の中で言う私。

若い看護師は新米なのか、それとも……まさか……患者が危篤状態だから緊張しているのだろうか。もしかして、今の、これは御臨終シーンなのか？　たいへん心配になってきた。

（私はお腹が悪いだけなのに……死ぬほど悪くはないはずなのに……あっけないなあ……こんな風に死ぬのかあ。でも意外とそれほど怖くないんだわ、こんなに賑やかだからかしら？）。

医師が注射をする。「大丈夫。しばらくしたら眠くなります」。目を瞑り、じっと待ったが、効いてこない。医師を睨み、「ウーウー」、低く唸ってみせる。

「おかしいなあ。もうちょっと待ってみようか。タケダさん、落ち着きましょう」

深刻な表情で私の顔を覗き込む三人。

（ダメだダメだ、落ち着けない、この三人のざわざわした気持ちが伝わってきて）。

何分間か過ぎ、「もう〇〇ミリグラム」。再び注射。すると、今度はてきめんに効いて、だんだん良い心持ちになってきた。

ふいに頭の中に一匹の犬が現れた。民家のガラス窓から外を眺めている。あの犬だ。我が家と駅との行き帰りに、たまに見かけた赤犬。何故こんな時に出てくるんだ。私が手を振ったって、そっぽを向くような愛想の無い犬なのに。通りすがりに数回見かけただけの犬なのに。最近見ないけど、あいつ生きてるのかな。

そう思いながら眠ってしまった。

ぬいぐるみ

知人が帰り、喫茶店に残った私は赤ワインを注文。(嬉しいな、お金も思ったよりたくさん貰えそうなんだわあ)、さっき知人から依頼されたアルバイトに気を良くし、クイクイと杯を重ね、顔も火照《ほて》ってきた頃、グラグラグラッと来たのだ。

店内であがる女の悲鳴。頭上で揺れる電灯傘。早くもテーブルの下に潜り込んでいた隣席の若い女が、「おばさん、危ない、早く早く」、私に指図する。

(死んだって構わないもの……そうなりゃ三日前にあの世に行ったくもが喜ぶに違いないもの……しかし、ここは地下だから天井が落ちるのか? ……痛いのはいやだ)。頭だけでもテーブルの下に入れようと、もたもたしているうちに揺れはおさまったのである。

と、店の奥からバタバタと、二人の中年女が荷物を抱えて小走りにレジの前を素通りし、そのまま店を出ていった。

「ねえねえ、今のおばさんたち、無銭飲食じゃない?」

笑いながら言った私に、若い女は青い顔したまま返事もしない。

「大きな地震がありましたので急遽閉店致します」。店内にアナウンスが流れた。

店を出ると新宿の通りは騒然としていた。

あの東北地震の日から数日後、私はトラを押入れから出してきた。二十四、五年前に母が買ったドイツ製の虎のぬいぐるみだ。

くもが我が家に来て数年後、母の遺した毛皮類やぬいぐるみをリビングの床に広げ、はじめてくもに見せてみた。ぎょっとしたくもは、そおっと近づき、臭いを嗅いだ後、じっと何か考えていたが、ふいに後ずさるや、別の部屋に駆け込んだきり、しばらく出てこなかった。やっとリビングに出てきても、そちらを見ないように顔を背け、できるだけ遠くの壁際を歩いている。そして、「なんで、あんな気味悪いものがまだあるんだよ」と、私を恨めし気にチラと見てから、尻尾を垂れ、しょんぼりと立ち去るのだった。

不意をついて銀狐の襟巻きをくものからだに被せてみたら、狂ったように逃げていった。しかし、意外と毛皮が似合う……この襟巻きをコートに仕立てて寒い海岸や野原を歩く時に着せてやりたい……見た目がくどいけれど、そのくどいところがいい……ライオンの皮を被ったものの、キツネに声を聞かれて笑われるロバ（イソップ物語）みたいで情けないけれど、それもまたいい感じ。何度も被せてみたが、あまりに嫌がるのでやめることにした。そして、毛皮類もぬいぐるみも、くもの目が届かぬ押入れの奥へ。

でも、くも亡き後、やっとトラの出番が来た。今や私の話し相手、添い寝の友。欠かせない存在である。あんなに図体が大きくなければ旅行にも同伴したいぐらいだ。近頃は古びてきて、顔だけは立派だが、体は中身が潰れてグニャグニャ、毛はモサモサ。汚れ具合も、いい味を出している。古ぬいぐるみって、巨大な蛾に似ていて可愛い。

「むむっ」、ある日デパートの地下食料品街で私は唸った。お洒落なりをした婆さんが両手にデパートの紙袋とハンドバッグを提げ、悠々と通路を歩いていく。その姿に周囲の通行人が振り返り、冷笑を送る。なぜなら、彼女の背中には大きな虎のぬいぐるみが、まるで赤ん坊のように紐でくくりつけられているから。

「おお、あたしの未来の姿だ」。彼女の後を追いつつ、背中のぬいぐるみを観察した。新品なのか、きれいすぎる。顔も無表情で、ちっとも可愛くない。第一、雰囲気ってものがない。うちのトラの勝ち。

あとがき

死んだ猫の名を何度も呼ぶ日々が、まだ続いていた頃。平凡社の雑誌『こころ』から連載の依頼を受けました。

そのひと月ほど前、知人たちとのお酒の席で幽霊の話になり、

「人間のお化けは出ないでほしいわ。でも、猫のお化けなら怖くないから、しょっちゅう出て来てもらいたい」

そんなことを私が言ったら、

「あっ、〝猫のお化けは怖くない〟って、いいですね」

ひとりが言ったのでした。

そこで、早速、連載のタイトルに決めました。

それまでも、我が家の仏壇前に座り、お化けの皆様（以前に死んだ猫や犬や両親）に向かってムニャムニャと、最近の出来事などを報告したり、様々な頼み事をしたりしていました。五年半ほど前に、くもがあちら側に行ってしまってからは、その回数が増えました。

「生きている私は、今も相変わらず、あっち行ったりこっち行ったり、この世の写真を撮ったり、なんとか元気にしていますよ」

この本は、あちらの皆様への御報告でもあります。

近頃では、

「ハナちゃーん、リラックスですよ、リラックスが大事。何かあっても、まず寝ちゃえばいいんですよ、僕たちみたいに、なーんにも考えないでね」

仏壇の彼方から、くもが私に言う声が聞こえるような……うたたね中に見る夢なのでしょうか。お陰で私はますますリラックス。そして、毎日グウグウとよく眠っています。

ついでにお化けたちと夢で会えたら嬉しいです。

最後に、平凡社の吉田真美さん、デザイナーの有山達也さん、山本祐衣さん、中本ちはるさんに感謝します。

二〇一六年八月二五日

武田　花

本書のエッセイは『こころ』Vol.6〜Vol.28（二〇一二年四月〜二〇一五年一二月）に連載されたものです（「石」のみ『うえの』二〇一四年八月号）。

武田 花　たけだ・はな

一九五一年東京生まれ。

一九九〇年『眠そうな町』で木村伊兵衛賞を受賞。写真集に『眠そうな町』『猫・陽のあたる場所』『シーサイド・バウンド』『猫光線』、フォトエッセイ集に『煙突やニワトリ』『仏壇におはぎ』『道端に光線』などがある。

猫のお化けは怖くない

二〇一六年一〇月一〇日　初版第一刷発行

著者　武田 花
発行者　西田裕一
発行所　株式会社平凡社
〒一〇一-〇〇五一
東京都千代田区神田神保町三-二九
電話　〇三-三二三〇-六五八一（編集）
〇三-三二三〇-六五七三（営業）
振替　〇〇一八〇-〇-二九六三九
印刷・製本　大日本印刷株式会社

ISBN 978-4-582-83742-1
NDC分類番号914.6　四六判（18.8cm）　総ページ120
平凡社ホームページ http://www.heibonsha.co.jp/